Ye

15185

POËME TOPOGRAPHIQUE

SUR

SAINT-ILPISE,

SECONDE COMMUNE, EN POPULATION, DE L'ARRONDISSEMENT DE BRIOUDE, DÉPARTEMENT DE LA HAUTE-LOIRE,

Par T.-B. Belmont,

Ancien avocat et notaire royal.

Chacun admire la beauté et la magnificence des grandes villes; mais on aime sa patrie telle qu'elle est; et quelques voyages qu'on fasse dans les pays étrangers, on en revient toujours là, où l'on veut y revenir; c'est comme le but où se terminent tous nos désirs. LUCIEN. *Louange de la patrie. Traduction de M. d'ABLANCOURT. Edition in-12, 1688.*

A SAINT-FLOUR,

DE L'IMPRIMÉRIE DE CHARLES BARREYRE.

1822.

SAINT-ILPISE,

POËME.

A tous les cœurs bien nés que la patrie est chère!
Tancrède. Tragédie

Les champs des pures mœurs sont les heureux asiles ;
Elles n'habitent point dans ces superbes villes,
Assemblages confus des crimes, des vertus ;
Des riches couverts d'or, des pauvres mal vêtus,
Du plus profond savoir, de la crasse ignorance,
Et de mille affamés, pour un dans l'abondance.
Je connais, seulement de nom, leurs raretés,
Leur magnificence et toutes leurs beautés ;
J'ai passé, sans les voir, une assez longue vie,
Et je suis, de les voir, sans désir, sans envie.
Les immenses cités, pour moi sont des deserts,
Et ne seront jamais le sujet de mes vers.
A Saint-Ilpise né, j'ai passé mon enfance ;
Loin de ses murs coula ma vive adolescence.
Depuis l'âge viril j'y goûte un heureux sort,
Disciple de Maynard, là j'attendrai la mort. (1)
  Je chante les vallons et les coteaux stériles
Que l'homme infatigable a seul rendus fertiles ;

---

(1) Maynard mit sur la porte de son cabinet, cette inscription :

  Las d'espérer et de me plaindre
Des muses, des grands, et du sort,
C'est ici où j'attens la mort,
Sans la désirer ou la craindre. *

   * Comme Maynard, je n'ai point à me plaindre
Des muses, des grands et du sort ;
Mais comme lui j'attens la mort,
Sans la désirer ni la craindre.

Les arides rochers qu'il a partout couverts,
Là de jaunes moissons, ici de pampres verts,
Et qui de tous côtés, nous offrent les ombrages
De mille arbres divers, cultivés ou sauvages,
Produisant tous les ans et des fruits et des fleurs,
De toutes les saisons et de toutes couleurs.

Dans nos humbles vallons ne pouvant nous atteindre,
C'est sur les hautes tours que la foudre est à craindre :
Le tonnerre et l'éclair peuvent dans leurs éclats,
Etourdir, éblouir ; mais n'épouvantent pas.
Par fois, mais rarement, une grêle, un orage
Portent sur nos coteaux, et désastre et ravage ;
Vignes, terres et prés, par les eaux entraînés,
Laissent à découvert les vieux rocs décharnés ;
Mais de nos vignerons l'invincible courage
A bientôt réparé ce funeste dommage,
Et promet l'an d'après, dans deux ans tout au plus,
Les présens de Cérès et les dons de Bacchus.
Les galerne * et rosée, en printemps, en automne,
Nous enlèvent les vins et les fruits de Pommone.
Dans tous ces accidens, nous savons nous passer
Des biens que l'Eternel ne veut point nous laisser ;
Et nous pensons que Dieu, dont la main nous afflige,
Par ces privations nous punit, nous corrige.
Le sol ne donne rien à nos cultivateurs ;
A peine leur rend-il le prix de leurs sueurs,
Et c'est sur leurs travaux qu'ils sont forcés de prendre
Le tribut, qu'à l'Etat tout citoyen doit rendre. (1)

---

* Le Galerne est un vent du Nord-ouest, très-froid ; ce nom n'est donné à ce vent que dans certaines provinces. Dict. de l'Académie. Galerne, vent qui gèle les vignes. Dict. de Richelet.

(1) Il paraît peu vraisemblable que les coteaux stériles et les rochers arides puissent donner des fleurs, des moissons et des fruits ; mais c'est à un travail opiniâtre, *labori improbo*, que sont dus ces produits.

Toute la commune de Saint-Ilpise est fondée sur le rocher, depuis la rivière jusques au sommet des coteaux : ce rocher est recouvert d'une légère couche de terre végétale qui a été transportée et soutenue de terrasse en terrasse. Cette terre redescend ou insensiblement ou par des accidens extraordinaires ; il faut journellement tous les hivers, la relever et la rapporter aux endroits qu'elle a quittés, reconstruire les terrasses détruites, réparer celles qui sont endommagées, sans quoi il ne resterait plus que *des coteaux stériles et des rochers arides*.

La grêle qui donna par trois fois, presque de suite, sur la commune, en 1820, ne nous laissa rien, et une forte rosée de la fin d'avril 1821, nous enleva les fruits et les vins, de sorte que pendant ces deux années, les propriétaires, en perdant leurs frais de culture, ont été forcés de vivre et de payer les contributions sur leurs capitaux qui ne leur peuvent donner de grandes ressources, vu leur médiocrité.

La rivière d'Allier, de difficile abord,
Partage le pays, écoulant du sud au au nord.
Si vous vous promenez sur l'une ou l'autre rive,
Vous avez à tout pas, nouvelle perspective :
Ici, vous remarquez un précipice affreux,
Un paysage là riant et gracieux.
Là, d'un gouffre profond l'eau paisible et dormante,
Plus bas, c'est d'un torrent l'eau rapide écumante ;
Et portant vos regards d'un et d'autre côtés,
Vous distinguez partout, des horreurs, des beautés.
La droite vous présente une côte stérile,
Et la gauche un vignoble agréable et fertile.
Ainsi vous rencontrez alternativement,
De l'un à l'autre bord un contraste étonnant.
A droite, sur le roc est bâti SAINT-ILPISE,
De l'Allier, par degrés, montant jusqu'à l'Eglise ;
Assise a l'orient, sous les murs du château
Qui s'élève avec elle, à cinq cents pieds sur l'eau.
Ni carrosse ni char ne roulent dans les rues,
Et l'on ne se sert point dans les champs, de charrues.
C'est l'homme qui laboure, et les plus lourds fardeaux
Se portent sur son cou, sur mulets ou chevaux.
On sème peu de grain ; la vigne est la richesse
D'un terrein peu profond qui craint la sécheresse.
Un coup d'œil aperçoit sur le demi-coteau,
Vignes, prés, champs et bois, villages et château.

Les couches de galets l'une à l'autre colées,
Et des anciens volcans les laves isolées
Prouvent que le pays, aujourd'hui découvert,
Fut au temps du déluge, occupé par la mer.

La ville avait jadis un fort presqu'imprenable,
Qui, de tous les aspects, était inabordable.
Le Dauphin Robert trois, rebelle au Souverain,
y fut plus de vingt jours investi ; mais envain,
Par un puissant Seigneur, sénéchal de Beaucaire,
Qui, comprenant bientôt qu'il serait téméraire
D'exposer à l'assaut ses six mille guerriers,
Les ramena chez eux, sans combats ni lauriers. (1)

La neige dans l'hiver, n'y séjourne qu'à peine ;
On ne l'y vit jamais, desuite une semaine ;
Quand sur les monts voisins, pendant les mois entiers,

_____

(1) Voyez Baluse, au milieu du 14.me siècle.

On voit, comme au Mont-d'or, les neiges et glaciers.
L'aquilon, suspendant le cours des eaux fluides,
Forme, en guise de pont, des passages solides,
Où marchant sur les eaux, en différent endroit,
Nous traversons l'Allier obliquement ou droit.
Dans les froids rigoureux, personne ne redoute
Sur nos libres chemins de poursivre sa route.
Si le brûlant auster souffle deux ou trois jours,
Il fond et neige et glace, et rend aux eaux leur cours.
Les glaçons resserrés, flottant sur la rivière,
Brisent dans leur chemin, la plus forte barrière ;
Arbres, digues et murs sont renversés du choc :
Mais très-heureusement, l'inébranlable roc,
Qui borde de l'Allier l'un et l'autre rivages,
Résistant à la glace, affaiblit ses ravages.
    Partout ailleurs, l'hiver est le temps du repos ;
Et chez nous, c'est le temps des plus rudes travaux.
Le vigneron, courbé sous le poids qui l'écrase,
Des bords de la rivière enlève cette vase
Que produit le fréquent débordement des eaux,
Et sur son dos la porte aux sommets des coteaux.
En gravissant ainsi les rochers, les collines,
Il porte les engrais et comble les ravines,
Triste effet d'un orage ou d'un autre accident.
de sa courte journée encore peu content,
Par une belle nuit, quand la lune est levée,
Il court vite achever une œuvre commencée.
Tant qu'il lui reste à faire, il croit n'avoir rien fait ;
Mais le travail fini, suant et satisfait,
Avant de s'endormir, il boit de la piquette
Qui, le raffraîchissant, ne trouble point sa tête.
    Peut-être pensez-vous que, privés de loisir,
Nos vignerons jamais ne prennent de plaisir ?
Mais désabusez-vous ; plus pur et plus tranquille
Le plaisir est ici, moins bruyant qu'à la ville.
Suivant chaque saison, il est toujours divers,
Et voici ce qu'il est pendant tous les hivers.
    Messe et vêpres chantés, les dimanches et fêtes,
L'un court et vole au jeu, l'autre à ses amourettes :
La plupart, disons-le, parmi verres et pots,
Passent au cabaret les saints jours de repos.
    Les danses, chants et ris de la verte jeunesse,
Commencent chaque soir, dès que le travail cesse,

Les vieillards, restés seuls, soufflant sur leur tison,
Veillent sur les enfans et gardent la maison.
Le reste, après souper, se rend à l'assemblée;
Ce n'est quaprès minuit que finit la veillée :
On y mêle au travail, les danses, chants et jeux,
Et l'histoire du jour et quelques contes bleux.
Dernières à sortir, les femmes et les filles
Viennent tranquillement rejoindre leurs familles.
Chacun donne au sommeil le reste de la nuit,
Et se lève aussitôt que le point du jour luit.
La même activité chaque jour recommence,
De même chaque soir, on rit, on chante, on danse.
  Dans la rude saison, tels sont leurs passe-temps,
En querelle et débat, ils perdent peu de temps :
Quelques hommes de loi, avocats et notaires,
Très-désintéressés, dirigent leurs affaires ;
Ne les endormant pas dans l'espoir du succès,
C'est contre leurs avis, qu'on intente un procès.
  Dans les autres saisons, levés avant l'aurore,
Le soir à leur travail, la nuit les trouve encore.
Ils n'ont pour le repos que les septièmes jours ;
Souvent même plusieurs n'en usent pas toujours.
  Au printemps tout renaît ; il rend à la nature
Son entière vigueur et toute sa parure.
Tous les arbres fleuris, sur un sol verdoyant,
offrent d'un grand parterre un aspect attrayant.
Les oiseaux amoureux, par leurs divers ramages,
Font retentir au loin, l'écho du voisinage :
La voix du rossignol, dans ses brillans concerts,
Au coucher du soleil, éclate dans les airs.
Par le charme éveillé, de son gozier flexible.
Lorsqu'il cesse, on s'endort par un sommeil paisible....
Interrompu souvent, au milieu de la nuit,
Par les cris et les chants, les clameurs et le bruit
Des femmes qui le soir couchent sur le rivage,
A la garde du fil qu'on met au blanchissage :
Ce fil et blanc et sec se porte au tisserand,
Et de ses mains tissu, passe chez le marchand.
C'est ainsi qu'un métier, qu'une honnête industrie,
Supplée à ce qui manque au sol de la patrie.
  L'oiseau ne chante plus ; l'été, par sa chaleur,
A déjà dissipé son amoureuse ardeur :
Seulement occupé de sa progéniture,

Il vole aux environs lui chercher la pâture.
Les vignerons oisifs, pendant cette saison,
Vont ailleurs pour couper et battre la moisson ;
Et les modiques prix d'une longue journée,
Leur servent à passer doucement leur année ;
En corrigeant du sol l'âpre stérilité,
Ils vivent en hiver, des travaux de l'été.
Pendant le même temps, les fruits et la vendange
Mûrissent lentement, et notre tableau change.
Les champs sont dépouillés ; les vignes et prés verts
Gardent cette couleur jusqu'aux premiers hivers.

L'été cède sa place à l'abondante automne
Qui, peu souvent, remplit cellier et cave et tonne.
Dès que l'on a foulé, tiré, placé le vin,
Recommence un travail sans mesure et sans fin,
Et c'est de ce travail, dont l'esquisse est donnée,
Que tous nos vignerons remplissent leur journée.

Les fils encore enfans, par leurs pères conduits,
Sont à ces durs travaux, accoutumés, instruits.
Dans leur repas frugal, que la faim leur prépare,
Ils dévorent un mets qui n'est ni cher, ni rare.
En hiver demi-nus, ils bravent les frimats ;
Et courent en été, sans chaussure et sans bas.
Aussi, lorsque de Mars la trompête guerrière
Appela les français à garder leur frontière,
Ils furent dans les camps, de robustes soldats,
Les derniers en retraite, et premiers aux combats. (1)
C'est au prix de son sang, qu'obtenant la victoire,
Le grand nombre a péri dans les champs de la gloire. (2)
Certains pour leurs exploits, reçoivent pension,
Et l'un d'eux a gagné la décoration. (3)
Tant qu'ils furent soldats, occupés de leurs tâches

(1) Le Quartier-Maître, du second bataillon de la Haute-Loire, du sommet des Alpes, écrivait à son oncle :
» Vos Ilpisois se portent bien ; nous n'avons pas de meilleurs soldats ; rien ne
» les rebute, ni fatigues, ni privations de toutes espèces ; auxquelles ils paraissent
» accoutumés dès leur enfance.

(2) Il n'est pas revenu le huitième de ceux qui sont partis successivement, et surtout des premières et dernières campagnes.

(3) Quelques-uns ont obtenu une pension, et l'un d'eux, appelé Pierre du Pressoir, est chevalier de la Légion d'Honneur depuis plus de dix-huit ans : il sert encore dans le neuvième régiment des troupes légères, en qualité de sous-lieutenant-porte-drapeau : s'il n'est pas parvenu à un grade supérieur, hélas ! comme Charles Magne, il ne sait ni lire ni écrire. Chevalier du Pressoir ! tu ignores les lettres ; mais tu honores ton pays.

Entre eux on ne vit point ni déserteurs ni lâches. (1)
Plus jaloux de la paix, qu'avides de lauriers,
Les vivans sont rentrés dans leurs humbles foyers. (2)

Si nous parlons du temps d'odieuse mémoire,
Qu'un bon français voudrait rayer de notre histoire,
Temps de crime, de deuil et de dissention,
Temps, où foulant aux pieds Dieu, Roi, la Nation,
Un cannibale affreux, dégouttant de carnage,
Dans les plus grands déserts portait encore sa rage,
Où le plus honnête homme, incertain de son sort,
D'un front calme, attendait la prison ou la mort :
Temps, où de nos proscrits, les familles restées,
Sur tout le sol français, furent persécutées.....
Chez nous on protégea la personne et le bien ;
On n'y fut point réclus, et l'on n'y vendit rien.
Les Émigrés, rentrés au manoir de leurs pères,
Dans leurs concitoyens, ont embrassé leurs frères. (3)

Pour offrir au lecteur, mon œuvre plus riant,
Si j'avais pu, j'aurais imité Florian.
J'eus créé des bergers, des bergères fidèles,
Enfans respectueux, des amans les modèles :
SAINT-ILPISE eût offert à son brillant pinceau,
Du vallon beau rivage un ressemblant tableau.
Notre troupeau l'été, va paître à la montagne ;
Mais le berger ici, jamais ne l'accompagne ;
Il ne quitte jamais l'objet de ses amours,
Avec lui travaillant, il le voit tous les jours.
L'Allier est du Gardon une fidèle image ;
Ce sont mêmes détours, c'est même paysage ;
Mais j'écarte de moi toutes les fictions ;
J'ai peint de mon pays, les mœurs, les actions,
Le site, le climat, le sol peu favorable,
Qui, sans un dur travail, serait inhabitable.

Laborieux, actifs, sobres, contens, joyeux,
Nous vivons aujourd'hui comme nos bons ayeux ;
Bien sûrs que les grands biens ne sont pas nécessaires,

---

(1) En 1811, une colonne mobile ravagea militairement le département de la Haute-Loire, pour faire rejoindre les déserteurs ou retardataires. La commune de St.-Ilpise avait reçu son quitus, et fut exempte de la visite et des vexations de cette force-armée.

(2) On compte encore dans la commune, une centaine d'hommes qui furent braves soldats, et sont redevenus, comme leurs pères, cultivateurs paisibles.

(3) Plusieurs membres de deux familles d'émigrés, sont restés dans leur domicile ; aucun d'eux ne fut reclus ; et il ne leur a été vendu ni meubles ni immeubles.

Pour faire le bonheur, qu'éloigné des affaires,
Le sage chaque soir paisiblement s'endort,
Quand l'avare inquiet veille à son coffre-fort.
Sur les vastes terreins d'un gros propriétaire,
Vous ne pouvez trouver que paresse et misère.
Des grands biens pour un seul, les trois quarts superflus
Fourniraient aux besoins de cent pauvres et plus.
　　Nos fonds sont repartis avec telle justesse,
qu'on ne voit point chez nous, pauvreté ou richesse:
Ils ont pourtant entre eux cette inégalité
Qui sert à maintenir une société.
La médiocrité, qui fait notre partage,
Passe de père en fils, précieux héritage!
Que nous devons garder soigneusement garder comme eux,
Pour la transmettre intacte à nos derniers neveux.
　　Jamais dans notre cœur ne pénétra l'envie;
La folle ambition toujours en fut bannie:
Par cette passion ceux qui sont éblouis,
En vont chercher l'objet dans un autre pays.
Ceux qui sont attachés au sol de la Patrie,
Trouvent dans leur travail les douceurs de la vie.
Chacun à son devoir, chacun à son emploi,
Ne croit pas follement pouvoir dicter la loi.
Nous savons sur l'état, ce qu'on doit dire ou taire,
Et ne prétendons pas régler le ministère;
Aux chambres nous laissons tous ces soins importans:
Lisant peu des journaux les écrits discordans,
Dédaignant des partis la fausse politique,
Nous chérissons nos rois, dont la famille antique,
Dans la guerre ou la paix, les revers ou succès,
Fit près de neuf cents ans, le bonheur des français;
Et qui, selon nos vœux, si le ciel les seconde,
Régnera sur nos cœurs jusqu'à la fin du monde. (1)

_____

(1) En 1816, l'Académie de Lyon proposa pour prix de 1817, les moyens à
employer après une longue révolution, pour confondre tous les sentimens d'un
peuple dans l'amour de la Patrie et du Roi.
　J'ignore si ce prix a été adjugé; mais je pense que la conduite de la commune
de Saint-Ilpise, avant et pendant la révolution, et depuis la restauration, est le
seul moyen pour parvenir au but de l'Académie. Chacun ne s'occupe que de son
emploi ou de son travail, ne se mêle jamais de ce qu'il n'entend pas ou de ce qui
ne le regarde pas: tous sont invinciblement attachés à la terre qui les a vus naître
quelqu'ingrate qu'elle soit. L'on ne voit presque pas d'émigration; tous chérissent
le Roi et sa famille.

VERS SUR LA MORT DE S. A. R. Mg^r. LE

DUC DE BERRI.

J'avais fini l'ouvrage, et, pour le compléter,
Je n'eus pensé jamais y devoir ajouter ;
Mais, puisqu'un crime affreux vient de priver la France.
D'un Prince qui faisait sa plus douce espérance,
Je joins à mes regrets le tribut de mes pleurs,
Et veux, sur son tombeau, parsemer quelques fleurs.
Je dois parler des dons que ses mains secourables
Versaient au près, au loin, sur tous les misérables :
Sa vertu, sa clémence et sa rare valeur,
De tous les vrais français avaient gagné le cœur.
Envisageant des cieux l'immortelle couronne,
Au monstre qui l'immole, en mourant, il pardonne.
Le trépas n'avait pas encore fermé ses yeux,
Qu'à sa triste famille, en faisant ses adieux,
Il se plaint de ne pas mourir pour la patrie,
Et de trop tôt quitter une épouse chérie,
Qui porte dans son sein, quel doux espoir pour nous !
Un gage de l'amour de son illustre époux ;
Et notre dernier vœu, bien pur et bien sincère,
Est que ce soit un fils qui ressemble à son père ;
Qui, régnant à son tour, appelé par la loi,
Donne un autre Henri-quatre à la France pour roi.

VERS SUR LA NAISSANCE DE S. A. R. Mg^r.

LE DUC DE BORDEAUX.

Vive Henri Dieu-Donné ! Divine Providence,
Veille sur son berceau, protége son enfance ;
Orne-le de vertus ; et que *Ventre-Saint-Gris*,
Il fasse respecter son panache et les lis ! (1)

(1) Au lieu de respecter, j'aurais pu mettre triompher, le mot eût été plus brillant, mais les triomphes supposent des batailles où le sang se verse avec prodigalité, et j'abhorre le sang.
Sans en répandre une seule goutte, Numa Pompilius, chez un peuple guerrier et féroce, se fit respecter plus de quarante ans ; et les années du règne de Louis dix-huit, depuis la restauration, commencent à réparer les pertes qu'éprouva la France pendant vingt-cinq ans de victoires et de triomphes.

NOTICES

SUR

SAINT-ILPISE.

Il est à présumer que Saint-Ilpise existait sous un autre nom, du temps de César. Les Gaulois ou les Romains avaient dû tirer parti d'une position alors inexpugnable ; elle ne peut mieux se comparer qu'à celle du fameux château de Jugurtha, dont parle Saluste.

Il n'y a pas de doute que Saint-Ilpise n'ait été sous la domination des Romains : le pays en avait pris la langue ; presque tous les verbes du patois de Saint-Ilpise sont latins, sans presque aucun changement dans la prononciation et l'orthographe, comme *Ama*, *Veni*, *Attende*, *Considera*, *expecta*, etc.

Il paraît aussi que la première plantation des vignes est due à l'empereur Probus : cette plantation ne doit s'entendre que sur les bords des rivières intérieures des Gaules ; Pline faisant mention, long-temps avant Probus, des vins de Vienne et des bords de la mer de Lyon.

On lit dans une vieille légende, peu connue, que Saint-Ilpise dont la ville porte le nom, y fut martyrisé quelques jours après que St.-Julien, patron de la ville de Brioude, l'eut été à St.-Ferréol, pendant la persécution de Décius.

St.-Ilpise devint un comté, qui comprenait toute la commune et plusieurs villages dans les communes environnantes, et faisait partie du Dauphiné d'Auvergne. Au milieu du 14ᵉ siècle, le Senéchal de Beaucaire, à la tête de six mille hommes, assiégea dans St.-Ilpise le Dauphin Robert III, dit le fou, et fut contraint d'en lever le siége après plus de trois semaines de tentatives inutiles ; c'est ce qu'on peut lire dans Baluse.

Cette terre fut confisquée sur ce Robert, par arrêt du 21 juillet 1352, sous le roi Jean. Elle fut rendue à sa famille en 1365.

Vers le milieu du 15ᵉ siècle, Blanche Dauphine possédait la terre de St.-Ilpise : elle y fit plusieurs fondations à son église ; son cœur y fut porté et placé devant le maître-autel, sous la lampe du Saint-Sacrement : on voyait encore, avant la révolution, l'indication certaine de ce dépôt.

Dans les 16ᵉ et 17ᵉ siècles, les délibérations des prêtres communalistes, en portaient le nombre de 28 et 30, faisant la majeure partie de la communauté : au moment de la révolution, ils étaient encore quatre.

Cette terre fut portée par Françoise Dauphine dans la maison d'Amboise, et de cette maison dans celle de la Roche-Foucault. C'est sur un seigneur de cette famille, que la tradition nous a conservé une anecdote que je ne dois pas passer sous silence.

Le fameux cannillac vint visiter le seigneur de St.-Ilpise, qui lui fit boire une agréable vin blanc, d'un terroir particulier, appelé les Olènes ; au sortir de table, il lui montra le coteau qui produit ce vin ; et voici leur dialogue :

CANNILLAC.

Vraissemblablement tout ce coteau t'appartient ?

LAROCHE-FOUCAULT.

Je n'y ai pas un pouce de terre.

CANNILLAC.

Si cette terre m'appartenait, j'en aurais bientôt chassé les vilains.

LAROCHE.

J'aurais bien tort ; je suis déchargé des frais de culture ; et ce bon vin, comme tu le vois, ne me manque pas.

CANNILLAC.

Tu forces donc les propriétaires à t'en livrer tout le produit ?

LAROCHE.

J'en serais bien fâché ; je n'aurais pas le plaisir d'en boire quelquefois chez eux.

CANNILLAC.

Comment ! Est-ce que tu t'abaisses à leur faire cet honneur ? Sais-tu que trop de familiarité engendre mépris ? et que nous ne devons nous occuper qu'à nous faire craindre ?

LAROCHE.

Nos principes sont différens ; je ne m'étudie qu'à me faire aimer. Je suis le père de mes vassaux ; ils sont mes enfans. Lorsque j'en ai besoin, je ne leur arrache rien ; mais ils m'offrent tout ce qu'ils ont : s'ils sont malheureux, ils trouvent chez moi, et les secours et les consolations que je peux leur procurer. Je les aime ; ils me chérissent : voilà toute ma politique.

CANNILLAC.

Ce n'est pas la mienne.

Ils se quittèrent là-dessus ; et bientôt après , Cannillac reçut à Clermont , (1666) la peine due à sa conduite opposée à celle du Seigneur de Saint-Ilpise.

Par arrêt de 1588 , Saint-Ilpise fut une des six villes agrégées aux treize anciennes de la province d'Auvergne.

La justice , fort étendue , avait un Bailli , un Lieutenant , un Procureur fiscal , un Greffier et deux Huissiers ou Sergens ; plusieurs Procureurs et quatre Notaires.

En 1765 , cette terre fut vendue par décret sur madame du Châtelet , unique héritière de la maison Durfé : en 1711 , elle passa dans les mains du Roi. La justice y fut érigée en prévôté royale , par édit de mars 1781. Elle était composée d'un lieute-nant-général, d'un procureur du Roi, d'un greffier et deux huissiers.

Il y a toujours eu quatre notaires , même après la suppression de l'ordre judiciaire ; ils n'ont été réduits à trois que par le décès des anciens titulaires.

En 1500 , Dans l'enceinte seule des murs de Saint-Ilpise, on comptait cinq cents feux. Deux ponts , l'un au-dessus , en bois , l'autre au-dessous , en pierres , furent emportés et détruits par la même inondation , celui de bois ayant entraîné la chute de celui en pierres.

Nous n'avons pas d'époque certaine de leurs destructions ; occupés seulement de leur perte , nos ayeux en ont perdu la mémoire , et ne l'ont point transmise à leurs descendans. Nous igno-rerions leur ancienne existence , si elle n'était attestée par des vestiges notables et irrécusables ; mais leur destruction remonte à plusieurs années avant 1669 ; car dans un aveu et dénombre-brement de la terre de St.-Ilpise , du vingt-six septembre 1669, et du certificat des publications , au bureau des finances à Riom, sans oppositions , du vingt-six 7bre 1670 ; Le Seigneur y déclare un bateau de peu de produit , attendu que toute la justice doit y passer *gratis* , en payant seulement la modique rétribution an-nuelle de douze deniers par feu.

Nous savons aussi que M. le marquis d'Urfé , colonel du ré-giment de son nom , avait l'intention de faire reconstruire un pont à St.-Ilpise. Il mourut en Italie, dans la campagne de 1735; et ses projets , si utiles pour nous , s'évanouirent avec lui.

On ne peut revoquer en doute , et tout annonce qu'ancienne-ment Saint-Ilpise était fort commerçant. Plusieurs rues entières offrent encore des boutiques des deux côtés. Dans le temps où les transports ne se faisaient que sur chevaux ou mulets , e'était le passage le plus direct de Lyon à Bordeaux. L'ouverture des grandes routes , dans l'auvergne , et la facilité du roulage ont privé Saint-Ilpise de tout commerce étranger.

En 1790, la prévôté royale fut transformée en canton, qui comprenait les communes de St-Ilpise, Ally, Blassac, Mercœur et Saint-Privat.

En brumaire an 10, (1802) l'arrêté des consuls avait réuni le canton de la Voute à celui de St.-Ilpise qui fut désigné chef-lieu. Il fut créé un nouveau canton à Pinols qui était du canton de Langeac, peu distant de cette ville : on y ajouta quelques communes du canton de la Voute ; et toute la population de ce canton, qui ne passe guère trois mille âmes, n'excède pas de beaucoup celle de la seule commune de St.-Ilpise, qui est au moins de 2,600 âmes.

Le premier juge de paix était le seul notaire du canton ; il résidait même dans une commune de l'ancien canton de la Voute ; il avait quitté son office pour cette place ; mais il le reprit. Depuis cette époque, on n'a pu trouver un juge de paix qui ne fût étranger au canton.

Je tiens de M. le juge de paix actuel, qui a été long-temps exposé, avec sa famille, aux injures de l'air par l'intempérie des saisons, tandis qu'il fut obligé d'occuper en attendant que son prédécesseur quittât le modeste logis où il s'était casé.

Le gouvernement avait rendu justice à St.-Ilpise, en le nommant chef-lieu de canton. Il demeurait tranquille, tandis que la commune de la Voute intriguait. Protégée par Cambacérèe, elle profita de l'absence du premier consul, (*qui était alors à Lyon pour se faire nommer président de la république italienne.*) et obtint de ce second consul le changement du chef-lieu à la Voute, sans que St.-Ilpise eût été appelé ni entendu, ni même sans avoir consulté les administrations locales. Nous ignorons les motifs de cet arrêté qui n'a pas été mis au bulletin des lois.

La Voute eût dû faire valoir l'avantage de son pont ; mais on lui eût répondu que toutes les communes du canton de la Voute, qui sont sur la rive droite de l'Allier, n'en ont pas besoin pour se rendre à St.-Ilpise, et que toutes celles de l'ancien canton de la Voute, qui sont sur la rive gauche, étant au-dessus du pont, doivent nécessairement passer sur le pont pour se rendre directement à Saint-Ilpise.

La population de la commune de St.-Ilpise, passe deux mille six cents âmes ; celle de la Voute n'est pas de sept cents.

A St.-Ilpise se trouvent plus d'hommes instruits qu'il n'en faut pour occuper dignement toutes les places nécessaires à la justice de paix. Il y a trois notaires, tous nés à Saint-Ilpise, et dont le cautionnement, à raison de la population, s'élève à cent francs de plus que celui des autres notaires de l'arrondissement, excepté ceux de la ville de Brioude.

L'église a rendu plus de justice à Saint-Ilpise : elle lui a donné la cure de canton.

A la Voute, le juge de paix est du Malzieux, fixé long-temps à Brioude en qualité d'avoué ; le greffier est du ci-devant canton de St.-Ilpise ; des deux huissiers, l'un est de Brioude, l'autre de St.-Ilpise : le plus ancien des deux notaires, qui vient de résigner sa place à son fils, est né à Saint-Flour ; il a passé sa jeunesse au service de mer : le second est né dans le canton de Brioude ; il était fixé dans le département du Cantal : la Voute n'a donc pu fournir un seul sujet pour les places qu'exige son canton.

Mais néanmoins, comme la justice est exactement rendue à la Voute, que son canton est de première création, qu'elle le garde, si l'on rend le sien à St.-Ilpise ; cette justice peut lui être rendue, sans augmentation de dépense, par la suppression de celui de Pinols. On trouvera sur les registres du conseil d'arrondissement, à compter de l'an 10 ou 1803, plusieurs délibérations qui renferment ce vœu ; c'est un démembrement des justices de paix de la Voute et de Langeac. Qu'on rende à ces cantons les communes qui en sont les plus rapprochées, ou qui en ont été distraites, et tout reprendra sa place naturelle.

L'agriculture, le nourrissage, le commerce des bois et des bestiaux, sont la seule occupation du canton de Pinols : tout ce qui peut l'en distraire, lui est plus nuisible que profitable.

Je pense qu'il suffit d'indiquer et faire connaître aux administrations, au gouvernement, les torts et les injustices qu'on a éprouvés, pour espérer que leurs soins paternels y remédieront, sans les fatiguer par des pétitions trop souvent répétées et toujours fastidieuses.

Je n'attends pas que ma faible voix, sur un sujet aussi mince, puisse faire impression sur le plus grand nombre ; mais j'espère que ceux qui voudront bien me lire, en jugeant avec bienveillance mon intention patriotique, me passeront les fautes qui peuvent s'être glissées dans ce petit ouvrage, qui n'a d'autre mérite que celui de la plus exacte vérité, soit dans les descriptions, soit dans les faits qui y sont désignés.

BELMONT.

13

www.ingramcontent.com/pod-product-compliance
Lightning Source LLC
Chambersburg PA
CBHW061435170626
46811CB00005B/2284